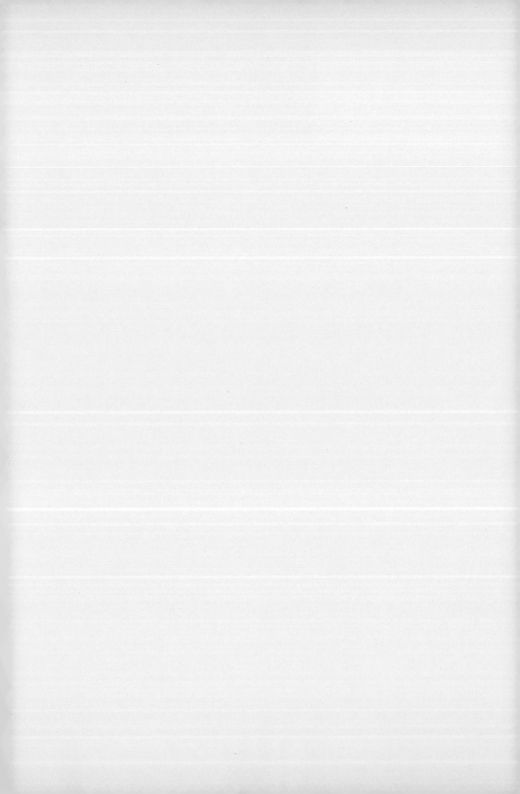

どんなに深い闇夜にみえても
絶対あけない夜は存在しない

伊藤眞 作

22世紀アート

目次

一、人生は○×以上高度な存在

「ナゼ、私は、今日、生きてイナキャナラナイの!!」と、女生徒はまたも泣き崩れる。

毎日のTVのクイズには、何度観ても、このヒントになる番組は、殆んどお目に掛かれません。(*1)なぜでしょうか?

理由はカンタン、答えは一つではないからです。(*2)十万人居れば十万通り、五〇億人なら五〇億通りの正解が予測されます。例えば、ロシアのプーチンと、ウクライナの諸国民とでは、当然、正解は同一ではないのです。そもそもこんなコンピュータのプログラムは、絶対に組めない、だからこういうたぐいの労働は、それぞれにいくら習熟していても、コンピュータでは、単なる「雑役」と処理し、買い叩かれるだけです。教員、保育園、介護……。

さて、これまでを、一言で言い換えれば、

「真理は、たえず具体的だ」

ドコカで確かに聴いたことが有ります。だから「一般論」を、一方的にふりかざすダケの「論理至上主義」は間違いです。「馬の耳に念仏」なのに、いくら「真理」であろうとも、立て板に水、と、まくし立てれば、それが真理であればあるほど、容易にその反対物「説教」になり下がってしまうのです。昔から「人を見て法を説け」と言われています。

二、「内在的超出」と「固有の周期」

昔から「人間は母親の胎内に、「十月十日宿らなければならない」或いは「卵は三週間、二十一日温めれば雛になる」等と言われ、これは真理です。外在的な力を加えてしまうから、宿った命を、遂《つい》に「流産」させ、無駄にしてしまうのです。だからお産婆さんも、予定日が近づけば「内在的」に、出産を、産婦と共に待ち侘《わ》びるばかりです。卵も、外在的な力を、ひたすら排除せねばなりません。

この「内在的」に、温かく見守り続けて行けば、必ず命は、十月十日、二十一日などを過ぎれば、人間はオギャアと、雛ならピヨピヨと、可愛いい産声とともに、とび出して（超出（＊3））して来るのです。生命体には、この「内在的超出（＊4）」を、成し遂げるだけの力を備わっている。亀、かまきり、鮭、稲、――。

この「十月十日」「二十一日」等、内在的超出を完了に必要な期間の側から見た場合、私はこれを「固有の周期（＊5）」（32頁）と名付けた。だから、この二つは、生命体を別な角度から眺めただけの、まったく同一物である。

三、〈反省諸規定〉

ムツカしいのは、この辺までナノです。次章からは、これらの考えを使い、縦横無尽の手捌《てさば》きで「論理至上主義」では、全く手も足も出せなかった深刻な矛盾の諸問題を、具体的に解決出る為の、いわば胸突き八丁とでもいえるかも知れません。

しかし、身構えるには及びません。前の「内在的超出」に到るまでの生命体の流れ、つまり「固有の周期」を、六つ位に分類し、その流れを定めたものを〈反省諸規定（＊6）〉、（68頁）の図と殆ど同じものです。つまり、ここに並んだ三つのもの、すなわち、「内在的超出」「固有の周期」「反省諸規定」は、一つの生命体を、三つの異なる視点からとらえただけの、同一物なのです。具体的には、次のように、……同一性↓区別（絶対的区別↓差異性↓対立）↓矛盾↓〔根拠〕……。となっています。これは（68頁）にある図と殆ど同じです。ここでチョット注意があります。大切なことだから、必ず一読して、それを守って下さい。

すなわち、「同一性」などの各項目の日本語の解説には、あまりとらわれないことです。カント哲学さえ読まなかった人が、それを批判してのり越えた、より高度なヘーゲルの「弁証法哲学（＊7）」の文章を、いきなり出されたところで、分かる筈《はず》がないので、一読する程度に留《とど》めておいて下さい。

その例にあげた簡単な分数の割り算

$$\frac{1}{2} \div \frac{3}{4} = \frac{1}{2} \times \frac{4}{3} = \frac{4}{6} = \frac{2}{3}$$

を思い出し乍ら、用語の種類と、その順序とを頭に入れて、思い出す縁《よすが》にして下さい。

四、矛盾の解決の為の唯一の方法はこれだ

「矛盾の真の解決は、ヘーゲルのいう「内在的超出」によってのみ遂行される。ヘーゲルは『大論理学』本質論で〈反省諸規定〉(68頁)の展開……を描いたが、そこでは矛盾が徹底して推し進められ〔再録すれば、……→〔対立〕→矛盾→〔根拠〕……〕(68頁)その頂点において対立物への反転がおこり、ついに矛盾を駆り立てていた根拠が浮上する。こうして矛盾が解決される。*8」

「パラドクスのなかでみずからが引き裂かれることによってのみ、自分の立てた前提(=ドグマ)の誤りを忽然として悟るのである。これがヘーゲルのいう「内在的超出」であり「精神は絶対的分裂のなかにあってこそ、みずからの真理を獲得する」ということなのである(*9)」

「「カウンターゲーム」のさらなるパラドキシカルな性格に注目しよう。それはけっして与えられた問題を純論理的に解くのではなく、その問題が個人の主観によって誤って提出されたものだと気づいたときに自然解消する。二重拘束はカントが提示した四つのアンチノミーにも似ているが、解決の仕方ははるかに思いがけないものなのだ。——そういう努力の主体となって固定した問題枠を設定し続けていた

自我のあり方に卒然と気づくことを意味する（＊10）」

いわば「胸つき八丁」だ。しかし、ここを己の力で「内在的に超出」し得た時の絶景の素晴しさは、登り切った者のみが知る。自らで固有の他者（70頁）を誘《おび》き出せ。ポイントだ。

この「内在的超出」の力は、全ての生命体に、既に備わっている。この力の利用のみだ!!

五、はじめの泣き崩れた女生徒にはこう話そう

この本の冒頭のような女生徒には、説得をやめ、共に一人の人間としてトナリに腰をおろし、(第十二章)に登場した(女性記者「K」)のように、優しく囁《ささや》くことから始めなければならない。(これはTVで実際に放映された)

Kの開口一番の問いかけに注目してほしい。これは、そもそも、最初からA子にも「固有の周期」が、当然に存在していることを熟知していたらこそ、あのように切り出せたのだ。

六、「内在的超出」と「自由放任」とは完全な別物だ

よくある誤解に「「内在的超出」には、それだけの力が内在しているのだから、外部から力を加えず、そのまま、放任しておくべきだ」という類《たぐい》がある。これは大変な間違いだ。

$$\frac{1}{2}=\frac{6-5}{7-5}=\frac{2}{4}=\frac{3}{6}=0.5$$（68頁の図2）

どれを計算しても、何れも0・5だ。見掛けは変わって見えるが、実力は0・5しかない。着せかえ人形。人間で言えば「一生涯0・5でしかない、すなわち飛躍がない人だ」変わるには、他の数との演算を怖れて居る間は駄目だ。

七、会社は、私に「見せしめ」の苛烈極まる労働を強行した

会社（＊12）は探偵で、私が党員であることを暴露「見せしめに」と、苛烈極まる労働へと追い込んだ。給料は半分に、休暇は年に一箇月減らされた。手当ては無く、全て実費、専門学校の教科書17種類、半月に一冊のペースで書かされた。徹夜は一年近く続き年末には完成した。全校の半数以上を担任、学生募集のリーダーだった。勿論、学校へ泊り込み、昼は13教科を教えさせられた。専門外ばかりで、毎日、国立大受験生並みの勉強が続いた。どれもが、平均点85点以上であり、学生の人気者だったことが、せめてもの慰めだった。

この為、不治の病で13回、脊椎骨折3回、脳梗塞2回、臨死体験もあり、20回近い入院で、もう体はボロボロ、施設の「お迎え」を密《ひそ》かに待ちわびる許りのこの頃だ。

『赤旗』は読めず、泊り込みの為に、党の会議にも出られず、相談する時間も場所も無かった。支えてくれたのは、頭に残っていた「綱領」と「規約」のみだった。

この現状を変革するのが、私の階級闘争であり、党活動だった。退院の度に、更に強くなって復職し

た。そして遂に、私は定年退職をやり遂《と》げた。会社の「見せしめ労働」に勝利し得たのだ。社長は一言

「伊藤君もやったね」

だから、妻には頭があがらない。

八、「変革の立場（＊１３）」で見てこそ「肉眼」で見えなかった「真理」が見える

私は「98周年記念講演」の後半で躓《つまづ》き『赤旗』すら手につかず、悩みは深まる許《ばか》りだった。「新綱領」を理解すべく全巻買い込んだ「新版『資本論』」第一巻第二分冊に、私に課した労働は「搾取」を上廻る「収奪」、つまり「ドレイ労働」であったことが、百五〇年も昔に、躓《つまづ》きの原因と、進むべき方向まで、マルクスは明確に記してくれていたのだ。「真理だ‼」四度目にして、やっと目に止まったのだ。この瞬間、私の両眼には、大粒の涙が溢《あふ》れとまらなかった。それが熱かったこともハッキリ記憶している。そのまゝ想いに耽《ふけ》っていた。

22年6月「米の警察8人が1人の黒人に90発を浴びせ、60発が命中し殺した」という『赤旗』の記事が目にとまった。私は直ちに、「98周年記念講演」と「会社でのドレイ労働」を同時に思い出した。トタンに「彼への虐殺《ぎゃくさつ》は私への虐殺だ」「もっと人間的に扱《あつか》え」と叫び、私は、不治の病であること

も忘れ、家の外へ飛び出し、参院選の票読みを開始していた。安倍元首相が暗殺された。しかし、私はひるまなかった。私の票読みはホンの数えるほどではあった。しかし、一本足の人が五歩あるけた。これが私の「超出」だ。

「内在的超出」のおかけで、私は「これから、人間的に扱《あつか》われていない人たちの力になっていこう」と新たに目覚めた自分と共に、無事に「百周年記念日」を祝うことができた。

誰にでも悩みはある。だから人間なのだ。悩みがないミミズではない。だからこそ「変革の精神」で「内在的超出」の道を信じ乍《なが》ら努力を重ねて行ってほしい。絶対に明けない夜はない。

これを僅《わず》か、半頁で表したのが、有名な「フォイエルバッハテーゼ」だ。

九、索引

この本の文中に、いきなり（70頁）等とある言葉は『またとない今を悔いなく生きよう』（別売）の頁数です。

横に置いて読めば、なお便利です。

＊3　超出　一、とび出る。

二、迷いからとび出す。

三、ずばぬけてとび出す。

『正法眼蔵』（道元）

『日本国語大辞典』

『仏教語大辞典』

＊4　内在的超出

よく似た語に、内在的超越があります。

たった一字の違いですが、完全に無関係なニセモノです。これはソクラテスやプラトンの昔から存在し、大論争が続きましたが、21世紀の今になっても、ますます混迷の路を抜けだせぬままの理論です。くれぐれもお気をつけ下さい。

＊8〜＊11

『対話の哲学』

（島崎隆著・みずち書房）

一九八八年　初版

現・一ツ橋大学名誉教授

二九一頁〜二九二頁

＊12　この会社は「厚生年金」にすら、加入していなかった。公然のヒミツだった。

【著者紹介】

伊藤眞作（いとう・しんさく）

宮城県立佐沼高等学校
　第10回生　生徒会長

東京理科大学・数学科
　「抽象代数学」に「数学的美」を学ぶ

沖縄・小笠原返還同盟
日本共産党入党（1965年）
東京唯物論研究会
埼玉『資本論』教室

『わだちに射す陽』（2022年2月刊）
『またとない今を悔いなく生きよう』（同年6月刊）
共に「22世紀アート」刊行

どんなに深い闇夜にみえても絶対あけない夜は存在しない

2023年5月31日発行

著　者　伊藤眞作

発行者　向田翔一

発行所　株式会社 22 世紀アート
〒103-0007
東京都中央区日本橋浜町 3-23-1-5F
電話　03-5941-9774
Email: info@22art.net　ホームページ：www.22art.net

発売元　株式会社日興企画
〒104-0032
東京都中央区八丁堀 4-11-10 第 2SS ビル 6F
電話　03-6262-8127
Email: support@nikko-kikaku.com
ホームページ：https://nikko-kikaku.com/

印刷
製本　株式会社 PUBFUN

ISBN：978-4-88877-211-2